Dr Castaldi

La peste dans le Kurdistan persan

Rapport

Antigonos

Dr Castaldi

La peste dans le Kurdistan persan

Rapport

Réimpression inchangée de l'édition originale de 1872.

1ère édition 2024 | ISBN: 978-3-38817-389-4

Antigonos Verlag est une marque de Outlook Verlagsgesellschaft mbH.

Verlag (Éditeur): Outlook Verlag GmbH, Zeilweg 44, 60439 Frankfurt, Deutschland, info@outlook-verlag.de
Vertretungsberechtigt (Représentant autorisé): E. Roepke, Zeilweg 44, 60439 Frankfurt, Deutschland
Druck (Imprimerie): Libri Plureos GmbH, Friedensallee 273, 22763 Hamburg, Deutschland

LA PESTE

DANS

LE KURDISTAN PERSAN

RAPPORT

DU Dr CASTALDI.

CONSTANTINOPLE.

—

TYPOGRAPHIE ET LITHOGRAPHIE CENTRALES.

—

1872.

LA PESTE

DANS LE KURDISTAN PERSAN.

RAPPORT

ADRESSÉ AU CONSEIL SUPÉRIEUR DE SANTÉ A CONSTANTINOPLE

PAR M. LE Dr CASTALDI

Médecin Sanitaire Ottoman à Téhéran.

———

MESSIEURS,

J'ai l'honnenr de présenter mon rapport sur la mission qui m'a été confiée dans le Kurdistan persan.

Il s'agissait de vérifier la nature d'une maladie apparue dans la ville de Bana et qu'on disait être la peste, d'en étudier les symptômes, les causes, le point de départ, la marche, le mode de propagation et la mortalité.

Avant d'entamer mon sujet, je crois devoir faire connaître le plan que je m'étais proposé de suivre dans l'enquête que j'étais chargé de faire.

Profondément pénétré de la grande importance de cette mission, vierge d'idées préconçues, n'ayant jamais vu la

---

(1) Rapport publié par l'Administration Sanitaire Ottomane.

peste, je me suis préparé par une étude approfondie des documents que je possédais et que j'ai pu me procurer sur cette maladie. Résolu de laisser parler les faits à l'endroit des questions qui se rattachent à l'étude de la peste, je me suis attaché à ne tirer de conclusions théoriques que tout autant qu'elles ressortiraient logiquement des faits que je devais observer avec la plus grande attention et dans tous les détails les plus minutieux. Décrire exactément la topographie des localités pestiférées, en étudier les causes d'insalubrité, permanentes ou accidentelles, les conditions des habitants, leur genre de vie, leurs habitudes, les circonstances climatériques ou autres pouvant exercer une influence sur la santé publique, observer avec le plus grand soin les symptômes présentés par les malades, recueillir les renseignements puisés aux sources le plus authentiques pour en déduire la nature de l'épidémie, sa gravité et ses caractères, tel était le plan que je m'étais tracé et qui devait me fournir les éléments d'une enquête la plus complète que possible.

Malheureusement, cette enquête a du être interrompue par le fait d'une opposition violente des habitants d'un village kurde qui, le fusil à la main, empêchèrent la continuation des mes recherches.

Les endroits que j'ai pu visiter sont la ville de Bana et les deux villages de Kaninias et de Karava dans le district de Sakys.

J'exposerai d'abord ce que j'ai vu de mes propres yeux et les renseignements que j'ai recueillis, en en désignant la source; je rapporterai ensuite les cas observés à Bana par M. le docteur Vartabet, médecin sanitaire de Souleimanié, observations que nous avons complétées ensemble, et les rapports que Mirza-Abdoul-Ali, médecin persan envoyé de Tauris dans le Mukry, a adressés au gouverneur de l'Aderbidjan. Cela formera la première partie de mon rapport que j'appellerai partie historique ; la seconde partie comprendra les études relatives à l'épidémie, en général, et les conclusions scientifiques qui en découlent.

I.

Déjà avant d'arriver à Bana j'avais eù l'occasion de me procurer les renseignements suivants :

Renseignements fournis par Moustapha Agha que j'ai rencontré à Djévérané, à moitié chemin entre Senné et Bana.

Moustapha Agha est un vieillard d'à peu près 70 ans, plein de bon sens et qui a répondu à toutes mes questions sans jamais se contredire.

Vers la fin du mois de juin, a apparu à Bana une maladie caractérisée par les symptômes suivants : des enflures se manifestaient aux aînes, aux aisselles et derrière les oreilles ; des taches, tantôt rouges tantôt noires, couvraient le corps ; tout cela était précédé ou accompagné de fièvre avec délire ou avec assoupissement et des vomissements. Ce dernier symptôme était en général favorable. Les enflures (bubons) qui se ramolissaient et s'ouvraient étaient aussi de bon augure, tandis que les bubons restés durs ou qui disparaissaient étaient un signe presque constamment mortel. Les taches (pétéchies) paraissaient ordinairement quelques heures avant la mort. Alors elles étaient noires et très rapprochées les unes des autres. Ces mêmes taches de couleur rouge étaient moins à craindre. Moustapha Agha n'a jamais vu des charbons. La mort survenait du deuxième au quatrième jour ; quelquefois elle n'arrivait que le sixième ou le septième. L'épidémie a cessé au commencement d'août, après avoir fait environ 50 victimes. On compte à Bana à peu près 100 individus guéris, il y en a qui portent encore des bubons ouverts. Moustapha Agha a eu des parents qui sont morts de la maladie; il les a vus et soignés, comme il a vu plusieurs autres malades.

Le premier cas se développa à Bana sur un garçon, de 13 à 14 ans, appelé Chériff. Il était allé dans le Mukry où régnait la maladie, et à son retour à Bana il est mort à deux heures de distance de la ville; il avait le corps couvert de pétéchies noires. Pour Moustapha Agha, il n'y avait pas de doute possible sur la nature de la maladie; c'était le Taghoun (peste). Il en avait vu une autre épidémie il y a de cela 41 ans (1830). Cette fois-là la peste paraissait avoir été importée à Bana de Sooutch-boulak. Elle avait duré 10 mois et fait 1200 victimes. Depuis cette époque, rien de pareil ne s'est plus montré à Bana. Dans cette ville, l'air est bon, le climat excellent, bonne eau, pas de marécages, les fièvres intermittentes y sont rares et légères, la population est aisée. L'épidémie actuelle s'est limitée à la ville, sans attaquer les villages. A Kaninias et Karava, villages du district de Sakys, la peste existe encore.

Bana— Je suis arrivé à Bana le 26 août. La ville était presque déserte, les habitants s'étant dispersés dans les hauteurs environnantes.

J'ai rencontré à Bana M. Paduan, Inspecteur sanitaire de Bagdad, M. Vartabet, médecin sanitaire de Souleïmanié, ainsi que M. le docteur Schlimer, médecin européen au service du gouvernement persan et qui y est arrivé quelques jours plus tard.

Lorsque, après avoir passé les hautes montagnes qui marquent du côté de l'est le commencement du Kurdistan persan, on se dirige vers le nord-ouest, on rencontre un plateau très-étendu, formé par le déclin gradué des montagnes et très-accidenté. Bordé par de frequents défilés et coupé par des collines, il forme une suite de petites vallées ferti-

les et bien cultivées. On rencontre à chaque pas de pe-
tits villages habités par des Kurdes dans des maisons
en terre et paille pour l'hiver, et des tentes en etoffe
noire pour l'été. Les routes jusque-là difficiles entre des
montagnes escarpées deviennent peu à peu faciles et
unies. Malgré une sécheresse de deux années, les petites vallées susmentionnées se sont conservées ver-
tes et vivaces, grâce à des ruisseaux provenant de sources intarissables qui fournissent de l'eau toujours fraîche
et pure.

Entre deux de ces riantes vallées à cheval sur une
colline, position pittoresque s'il en fût, s'élève la ville
de Bana. Arrosée par deux rivières, actuellement
sèches, et par une multitude de ruisseaux à l'eau in-
tarissable, protégée du côté du sud par la monta-
tagne Ardebaba, rafraîchie continuellement par le vent
du nord-est, la ville de Bana se trouve dans des conditions topographiques les plus avantageuses. Froid
excessif et neiges abondantes pendant l'hiver, chaleur modérée en été. La déclivité du terrain, vers les
deux vallées de l'est et de l'ouest, la met à l'abri
des stagnations des eaux; par conséquent pas de marécages, ni de malaria. Les fièvres intermittentes y sont
rares et légères, les pernicieuses inconnues. En un mot,
le climat de Bana et de ses environs est excellent, l'air
y est pur et l'eau très-douce. Les saules, les chênes
nains, l'arbre de noix de galle, les pommiers et les poi-
riers à l'état sauvage, y croissent et végètent admira-
blement. Les fruits sont exquis et les pâturages abondants ; les habitants aisés, robustes et bons travailleurs,
cultivent le blé, le millet, l'orge, le tabac ; ils retirent leurs
principales ressources de la noix de galle, de la manne
en larmes et d'une espèce de mastic, trois véritables
bienfaits de la providence qui ne laisse à cette population
privilégiée que la peine de les cueillir. L'année précé-

dente, année désastreuse pour presque toute la Perse, il n'y a pas eu de famine à Bana, seulement les vivres ont été un peu plus chers que les années précédentes. Le gouverneur Abdul-Kérim-Khan, homme intelligent, instruit et de bon cœur, à donné le pain à vingt familles pauvres pendant tout l'hiver.

Bana compte à peu près 3000 habitants, distribués dans 350 à 400 maisons ; elle a un joli bazar bâti tout dernièrement en briques par les soins du gouverneur. Les maisons ne sont pas superposées les unes aux autres, comme dans la plupart des villages persans. Elles sont convenablement espacées, et chacune d'elle a une cour assez vaste sur le devant, avec portes et fenêtres assez grandes, aussi sont-elles très-hygiéniques. Bref, si la ville de Bana ne peut pas être citée comme un séjour très-confortable ni comme un modèle de propreté, elle laisse pourtant derrière elle un grand nombre de pays que j'ai visités en Perse.

C'est dans une localité pareille que s'est déclarée une épidémie de peste.

Renseignements fournis par Abdul-Kérim-Khan et par les notables de la ville.

Le 28 août, le gouverneur Abdul-Kerim-Khan convoqua, d'après mes sollicitations, un conseil composé des principaux personnages de la ville, négociants, propriétaires, mollahs etc. Voici les renseignements fournis par ces messieurs (1).

La ville de Bana jouissait, comme d'habitude, d'une santé parfaite ; pas de mortalité extraordinaire, pas de

---

(1) On remarquera des répétitions inévitables da ns ces sortes d'enquêtes. Les renseignements fournis par des individus différents sur le même sujet ne variant que sur les détails donnent aux faits rapportés plus d'authenticité et un certain cachet de véracité qui en forment le principal mérite.

maladies suspectes. Depuis quelque temps, la nouvelle s'était répandue dans le pays qu'une épidémie très-grave, tuant rapidement les malades, s'était manifestée dans le district de Mukry ; on parlait vaguement de peste, mais on manquait de détails.

Le 28 juin, un garçon de 13 à 14 ans nommé Chériff revenait de Sooutch-boulak en compagnie de son père. En traversant le Mukry, dans un village appelé Kara-tchay où il s'était arrêté pour passer la nuit dans une mosquée, ce garçon fut réveillé en sursaut par une douleur qu'il ressentit sous l'aisselle. En y portant la main, il découvrit une tuméfaction douloureuse. Malgré cela il continua son voyage et arriva à grande peine jusqu'à deux lieues de la ville où il mourut, après avoir eu une forte fièvre du délire et le corps tout couvert de taches noires.

Le cadavre de ce garçon fut transporté dans la ville, et précisément dans le quartier appelé Païn et dans la maison de Ressoul-Mosgar. La sœur de Chériff fut la première victime de son attachement pour son frère. A la vue du cadavre, elle fondit en larmes et se jeta sur lui pour l'embrasser une dernière fois. La maladie se déclara quelques jours après sur cette fille, qui y succomba après trois jours de souffrances.

La maison de Ressoul-Mosgar était habitée par six individus qui furent tous attaqués et trois sont morts. De cette maison, le mal ne tarda pas à se propager dans les habitations voisines, et en peu de jours tout le quartier fut infecté ; sur 41 maisons il n'y en eut que 6 d'épargnées.

Les symptômes présentés par les individus atteints étaient les suivants : fièvre intense souvent précédée de frisons et accompagnée de phénomènes cérébraux (délire ou assoupissement) et de vomissements. Des bubons aux aines, aux aisselles ou au cou se développaient tantôt dès le début, tantôt plus tard. Ces tumeurs étaient le siège de douleurs lancinantes; elles étaient dures et rouges au commencement, puis devenaient livides et mol-les; alors elles s'ouvraient spontanément, laissaient écouler du pus, et la plaie résultante finissait d'ordinaire par se cicatriser au bout d'un temps plus au moins long. Quelquefois les bubons disparaissaient complètement pour ne plus reparaître. Dans les cas plus graves, le corps se couvrait de taches livides et noirâtres (pétéchies), variant depuis le diamètre d'une lentille jusqu'à celui d'un poix-chiche. Les pétéchies rouges et moins grandes étaient de bon augure ; confluentes et noires, elles présageaient constamment la mort. Personne n'avait remarqué des charbons. On ne fut pas un instant dans le doute à Bana pour caractériser la maladie comme étant la peste. Des vieillards l'avaient vue en 1830 et avaient reconnu l'identité des deux épidémies. Dès les premiers cas, Mirza Abdul-Kérim-Khan avait isolé le quartier contaminé ; il était défendu aux habitants d'en sortir et à d'autres d'y pénétrer. Grâce à ces précautions, la maladie ne sortit pas de l'endroit primitivement atteint, et, à l'exception de deux cas survenus dès les premiers jours dans la maison de Moustapha Agha, toutes les attaques ont eu lieu dans le quartier de Païn. La maison de Moustapha Agha a été elle aussi isolée, ce qui d'ailleurs était très-facile, vu sa position éloignée des autres maisons. Du reste, la frayeur était à son comble. Les frères abandonnaient les frères, les maris leurs femmes, les pères leurs enfants ; il n'y avait que les mères lesquelles, avec ce dévouement qui les caractérise même dans l'état sauvage, soignaient affectueusement les fruits de leurs entrailles, et souvent elles étaient les saintes victimes de l'amour maternel.

Les premiers 4 ou 5 jours, il y eut un ou deux morts par jour ; plus tard, la mortalité arriva jusqu'à 6. Alors commença l'émigration qui se fit en masse quand le nombre des morts monta au chiffre de 15. La dispersion des habitants, favorisée et surveillée par le gouverneur, se fit de la manière suivante : les individus malades et leurs familles furent campés à une lieue de distance de la ville sur les hauteurs ; les familles non-contaminées à une lieue de distance des premières. Des cabanes en branches sèches d'arbres ont été improvisées et convenablement espacées, afin d'éviter l'encombrement. Depuis lors, il n'y eut plus de nouveaux cas (1).

L'épidémie dura depuis le 28 juin jusqu'au 13 août, jour du dernier décès. Le nombre des attaques a été de 91 et celui des morts de 53.

Avant l'arrivée de la commission à Bana, Mirza Abdul-Kérim-Khan avait ordonné les mesures suivantes : isolement, dispersion, aération et lavage des maisons contaminées et destruction par le feu des chiffons et autres matières restées dans les susdites maisons. Tous les individus guéris ainsi que leurs familles compromises ne devaient rentrer dans la ville que 40 jours après guérison complète.

Le gouverneur de Bana mérite d'être signalé à l'admiration publique. Doué de beaucoup d'intelligence, très-instruit et de grand cœur, il est d'autant plus estimable que les exemples de ces qualités sont loin d'être fréquents en Perse.

Mirza Abdul-Kérim-Khan avait appris de son père que 70 ans avant il y avait eu la peste à Bana et qu'elle y avait fait 75 victimes. La seconde épidémie est celle dont

---

(1) Un grouppe de familles pestiférées, ayant dressé leurs cabanes dans la plaine, eurent 12 de leurs malades qui sont morts. Ils se transportèrent alors sur les hauteurs, et à dater de ce jour la mortalité a cessé complètement. Est-ce une simple coïncidence ? Je ne sais ; mais le fait m'a paru digne d'être noté.

m'a parlé Moustapha Agha. Elle se déclara dans le Kurdistan persan en 1830. Importée à Bana de Sooutch-boulak, elle dura 10 mois et enleva 1750 habitants. Alors aussi on avait pratiqué la dispersion; mais elle n'avait été aucunement surveillée, et il y avait eu un va et vient incessant entre les endroits contaminés et les endroits sains.

Visite des campements.—A une lieue de distance de Bana, du côté de l'est, s'élèvent des collines boisées et arrosées par des ruisseaux. C'est sur la déclivité de ces collines que sont construites les huttes en branches d'arbres sous lequelles sont abritées les personnes contaminées ainsi que leurs familles. Séparées l'une de l'autre par un espace assez vaste, ces huttes sont, sous le rapport hygiénique, très-convenablement situées, en ce que l'aération y est bien entretenue et que l'on a évité l'encombrement.

Chez un individu convalescent, j'ai vu un bubon encore ouvert à l'aîne gauche. Ce bubon était en pleine voie de guérison. L'individu quoique pâle et faible n'accusait aucune souffrance. Sa femme guérie laissait aussi voir la cicatrice d'un bubon derrière l'oreille gauche. Le mari est le sujet d'une des observations de M. le docteur Vartabet. Un garçon de cinq ans me fut présenté. Il avait une cicatrice de bubon sous l'aisselle gauche. Une fièvre grave précédée de frissons avait ouvert la scène de la maladie qui a failli l'emporter. L'enfant avait eu de la diarrhée et était tombé dans un état d'assoupissement. Le deuxième jour, le bubon a paru sous l'aisselle et au bout de quelques jours il s'ouvrit et laissa couler du pus. Alors la fièvre diminua, le malade sortit de la somnolence où il était resté plongé durant une semaine et, petit à petit, il s'est remis. Tout en examinant cet enfant, j'observai sur le côté gauche antérieur de la poitrine une plaie ayant la forme et la grandeur d'une pièce de deux francs. Cette plaie était couverte d'une croûte jaune-foncé. J'interrogeais le père de cet enfant sur la manière dont cette plaie s'était formée. Voici la description qu'il m'en fit. Je l'ai notée à l'instant même, presque sous sa dictée, tant elle m'a paru intéressante. Ce furent d'abord des petites vésicules remplies d'eau, puis ces vésicules se fondirent en une seule grande, et alors il survint une rougeur circulaire tout autour de la grande vésicule laquelle finit par se rompre et laissa à découvert une plaie jaune-noirâtre dont les chairs tombèrent au bout de quelques jours. Plus tard, la plaie restante se couvrit d'une croûte telle qu'on la voyait ce jour-là.

N'est-ce pas là la marche ordinaire des charbons, telle qu'elle est décrite par les pathologistes?

J'ai vu aussi dans ce campement plus de 20 autres individus entre convalescents et guéris portant des cicatrices de bubons aux aines, sous les aisselles au cou et derrière les oreilles.

Ce serait une inutile répétition que de décrire un à un tous les détails concernant les symptômes, la marche et la terminaison donnée par chacun d'eux.

Toutes ces descriptions ont été faites par tout le monde d'une manière presque identique. Il n'y avait de différence que sur le plus ou moins de gravité de la fièvre et des symptômes cérébraux. Les souffrances relatives aux organes de la digestion variaient dans le sens de la plus ou moins grande fréquence des vomissements, de la diarrhée ou de la constipation.

Du côté ouest et sud, j'ai visité d'autres campements. Là aussi j'ai observé des individus, convalescents ou guéris, présentant les cicatrices de bubons; là aussi les mêmes descriptions des symptômes éprouvés ou observés chez les autres.

Mais ce qui va donner à la présente enquête un caractère bien déterminé, un cachet d'authencité non équivoque, ce sont les observations suivantes qui m'ont été fournies par M. le dcteur Vartabet, médecin sanitaire de Souleïmanié. Envoyé à Bana par l'Administration sanitaire ottomane, afin de vérifier la nature de la maladie qui s'était déclarée dans cette ville, voici les faits qu'il a observés au lit des malades et qu'il a enregistré avec une grande exactitude. Je rapporte ces observations qu'il a eu l'obligeance de me communiquer.

Observations recueillies à Bana par le Docteur Vartabet, médecin sanitaire de Souleïmanié, les 7 et 8 Juillet 1871.

Observation I.—Dans la maison de Moustapha Agha le nommé Kodr, garçon de 8 ans, est malade depuis 4 jours. Je l'ai trouvé dans un état de stupeur et de léger délire : Il a un bubon sous l'aisselle gauche ayant l'apparence d'un bubon syphilitique, de couleur livide tirant sur le noir. La face terne et la physionomie sans expression à l'instar d'un cadavre. Les yeux abattus et à demi-fermés ; la bouche entr'ouverte, les dents, les lèvres et le nez couverts d'un enduit fuligineux. Sur le cou et sur la poitrine, on observe des pétéchies noires de la grandeur d'une lentille. La respiration est laborieuse. Appelé, il ne répond pas, et quoiqu'il semble s'apercevoir de notre présence, il est impossible de lui faire tirer la langue. Le bubon était ferme et dur.

Les renseignements fournis par les parents portent qu'avant quatre jours le malade a eu un accès de fièvre qui est allé en augmentant tous les jours sans aucune rémission, que son état n'a fait qu'empirer jusqu'au moment de ma visite. A cette époque il présentait l'aspect d'un malade de typhus arrivé à la troisième période. Le premier jour de sa maladie, il accusait une douleur à la région précordiale ; l'apparition du bubon eut lieu le deuxième jour. De la grandeur d'une olive et de couleur rouge au commencement, le bubon a atteint avec l'aggravation de la fièvre, le volume d'un petit œuf et est devenu livide. Les pétéchies avaient apparu deux heures avant ma visite.

Ce garçon est mort le lendemain, dix heures après ma visite.

Observation II.—Dans la maison d'Aziz Agha, la femme Merdjan, âgée de 38 ans, est malade depuis 12 jours. Elle a un bubon en état de suppuration, immédiatement sur le ligament de Poupart, dans la région inguinale gauche. Cette tumeur ressemble à un bubon syphilitique, seulement la surface en est plus nette. La physionomie de la malade a l'expression d'une personne qui a la conscience d'avoir échappé à un grand danger. La disgestion s'accomplit régulièrement. Cette femme est en pleine convalescence. Elle m'a raconté que 12 jours avant, elle a eu un accès de fièvre accompagné d'une légère douleur à la région du cœur ; mais cette pyrexie n'a été jamais très-forte. Le troisième jour, un bubon est sorti ; il était le siége de douleurs lancinantes (comme si on le frappait avec la pointe d'un couteau ; ce sont ses propres paroles). Le huitième jour, le bubon a suppuré après une transpiration profuse, et alors les douleurs sont passées. Ce bubon a conservé toujours sa couleur primitive ; pas de pétéchies.

Cette malade a fini par guérir. (*Note du rapporteur.*)

Observation III.—Dans la même maison, la nommée Amina, âgée de 20 ans, avait été attaquée cinq jours avant ma visite. Elle fait voir un bubon à la région inguinale gauche ; ce bubon est sorti le second jour après l'invasion. De couleur écarlate semblable à la couleur de l'efflorescence scarlatineuse, le bubon était mobile et mou. Amina accuse une douleur à la région précordiale. La face est rouge avec l'expression d'une personne qui a peur. Les yeux aussi ont une expression particulière. La respiration légèrement fréquente. La langue tremblotante est couverte d'un enduit jaune, mais les bords en sont propres et rouges ; constipation. La malade parle avec difficulté et a toujours envie de dormir. Les douleurs lancinantes dans le bubon persistent. Je pense que cette femme finira par guérir ; car la fièvre n'est pas très-forte, les symptômes caractéristiques de la maladie ne sont pas très-graves et le bubon est rouge et mou.

Le pronostic de notre confrère s'est confirmé : la malade a guéri et nous l'avons vue parfaitement rétablie. *(Note du rapporteur.)*

Observations I V et V.—Dans la même maison, Ali et Rechid, âgés l'un de 6 ans, l'autre de 8, sont attaqués depuis trois jours. Ils présentent la gorge enflée, rouge et dure, exactement comme dans l'esquinancie laryngienne. La fièvre est modérée, l'expression de la face stupide et comme fatiguée. La langue tremble en sortant, et est couverte d'un enduit blanchâtre ; elle est rouge et propre aux bords. Les malades se plaignent de mal de gorge, de difficulté d'avaler et de douleur en parlant.

Cette observation laisserait beaucoup à désirer au point de vue du diagnostic de *peste,* si les deux malades en question que nous avons recherchés et trouvés dans un des campements où étaient logées les familles contaminées, n'eussent pas présenté les cicatrices des bubons derrière les oreilles. Ces bubons sont sortis après la visite du docteur Vartabet, ont suppuré et les malades se sont remis. *(Note du rapporteur.)*

Observation VI.—Dans la maison de Mirza-Kader, une jeune fille de 15 ans, appelée Edla, est malade depuis quatre jours. Elle est dans un état de coma complet, résultat d'une fièvre très-grave. Elle a un bubon dur, livide, presque noir, sous l'aisselle ; elle eut des évacuations noires, puantes, mais peu abondantes. Sa figure est terne, cadavérique ; les yeux abattus et à moitié fermés ; la bouche entr'ouverte ; les dents, les lèvres et le nez recouverts d'enduit fuligineux. La respiration est laborieuse. J'ai revu cette fille le lendemain de bonne heure, et je l'ai trouvée agonisante. Des pétéchies couvraient tout son corps ; elles avaient paru la nuit. Deux heures après ma visite matinale, elle a succombé.

Observation VII.—Hassan Agha, âgé de **22 ans**, est attaqué depuis quatre jours. La maladie a débuté par une fièvre suivie, le lendemain, de l'apparition d'un bubon sur le ligament de Poupart, dans la **région inguinale gauche**. Lors de ma visite, le bubon, rouge et mou, était le siège de douleurs très-fortes et avait l'apparence syphilitique. La face exprimait une grande inquiétude et la peur. Le malade tirait la langue avec difficulté et la retirait immédiatement. Il y avait constipation ; pas de douleur précordiale. Il semblait épuisé et répandait une odeur acide.

Ce malade est mort le lendemain. *(Note du rapporteur.)*

Observation VIII.—Dans la maison d'Ahmet-Hamma-Abbas, j'ai visité un jeune homme de 18 ans. Il était malade depuis trois jours. La fièvre ouvrit la scène, et le lendemain un bubon apparut sur le ligament de Poupart, dans la région inguinale droite, et qui a aujourd'hui l'apparence d'un bubon syphilitique ; il est rouge et dur. L'expression de la face est pleine d'inquiétude et de peur. Le malade est constipé. La langue est tremblo-

tante et couverte d'un enduit blanchâtre; mais elle
est propre et rouge aux bords. Le malade dort comme
à l'état d'ivresse, il a la respiration laborieuse et parle avec
répugnance, ne répondant que par monosyllabes.

Ce malade est mort. *(Note du rapporteur.)*

Observation IX.—Dans la même maison, la femme Am-
ma, plétorique, âgée de 25 ans, a été attaquée hier avec
une forte fièvre accompagnée de diarrhée et de vomissements. Je n'ai pas vu les matières vomies, mais d'après
les relations de la malade elles étaient bilieuses. Les
yeux sont injectés, la physionomie exprime une grande
inquiétude; la fièvre est très-forte. La malade tourne
tantôt d'un coté, tantôt de l'autre. Elle accuse une cé-
phalalgie intense; la langue qui est un peu enflée et
couverte d'un enduit jaune, sort avec lenteur, pen-
che du côté droit et est retirée vivement. Aujourd'hui,
a paru, sous l'aisselle droite, un bubon de la grandeur
d'une amende et de couleur rouge; il est le siège de douleurs lancinantes très-vives. La respiration est fréquente,
mais la malade parle bien; elle accuse une douleur à
la région précordiale.

Cette malade a guéri. *(Note du rapporteur.)*

Observation X.—Dans la même maison, la femme Katum,
âgée de 18 ans, est malade depuis quatre jours. Elle a une
fièvre légère, et ne se plaint que de douleurs lancinantes
sous l'aisselle droite qui est le siège d'un bubon. Elle a des
nausées et des vomissements, sans diarrhée. Du reste,
elle paraît bien et présente un aspect presque normal,
si ce n'est que la langue est couverte d'un enduit jaune,
caractéristique d'un état bilieux.

Guérie *(Note du rapporteur.)*

Observation XI.—Dans la maison de Cheyk-Abdullah,
le nommé Faïza, jeune homme de 20 ans, est malade de-

puis quatre jours. Je le trouve dans un état d'abattement et de prostration, comme dans la troisième période du typhus. Appelé par moi, il ouvre les yeux qui étaient à demi-fermés, répond lentement à mes questions et sort la langue avec grande difficulté ; cet organe est sec, noirâtre et fendillé. Il y a un bubon sur le ligament de Poupart dans la région inguinale droite, bubon livide, presque noir et dur. La bouche, les lèvres et les dents sont couverts d'une matière fuligineuse ; la respiration est laborieuse ; le malade est constipé.

Je crois que ce jeune homme mourra en peu d'heures.

Le malade est mort, en effet, dans la nuit. *(Note du rapporteur.)*

Maintenant voici un tableau contenant les maisons attaquées à Bana par la peste, avec désignation du nom du chef de la famille, du nombre des habitants, des individus attaqués, des guérisons, des morts, pour chaque famille.

Nombre progressif	NOM DU CHEF DE LA FAMILLE.	Nombre des habitans	Nombre des attaqués	Nombre des gueris	Nombre des morts
1	Ressoul Mosgar 1re Maison attaquée	6	6	3	3
2	Hamma Hussein....................	9	6	6	—
3	Ahmet Hamma Abbas.............	17	10	5	5
4	Hassan Agha....................	11	2	1	1
5	Usta Ahmet Mosgar..............	9	2	—	2
6	Mehemet Agha..................	7	6	3	3
7	Soffir Rustem..................	2	2	1	1
8	Fara..........................	6	3	1	2
9	Cheyk Abdullah................	3	2	1	1
10	Mirza Kader..................	4	1	—	1
11	Aziz Agha....................	8	5	4	1
12	Agha Nazroullah..............	7	3	—	3
13	Hamma Rabi..................	6	3	2	1
14	Mewloud Kocur...............	5	1	—	1
15	Suleïman Agha................	18	2	2	—
16	Mehemet Agha................	3	2	2	—
17	Saffari Youssoph..............	5	1	—	1
	à reporter...........	126	57	34	26

Nombre progressif	NOM DU CHEF DE LA FAMILLE.	Nombre des habitans	Nombre des attaqués	Nombre des gueris	Nombre des morts
	Report....................	126	57	31	26
18	Kader Kœur....................	4	4	—	4
19	Mewloud Agha....................	4	3	1	2
20	Aziz Luti	4	1	1	—
21	Souran Agha....................	12	3	—	3
22	Moustapha Agha....................	17	2	—	2
23	Kader Hamma Issak..............	4	1	—	1
24	Hassan....................	2	1	—	1
25	Ismaïl Souvan	5	1	—	1
26	Davoud....................	4	1	—	1
27	Usta Ibrahim....................	1	1	—	1
28	Kola Faky Moussa..............	7	2	—	2
29	Mirza Mohamed Emin..............	20	1	—	1
30	Cherift Usta Ussein....................	10	1	—	1
31	Mohamed Kerim....................	7	1	—	1
32	Cheyk Mahrouff....................	7	3	1	2
33	Ahmet Schell.....,..............	7	3	2	1
34	Usta Abdul Rahman..............	7	1	—	1
35	Hamma Kalit....................	6	4	2	2
	Total..............	254	91	38	53 [1]

Le premier septembre, je fus appelé d'aller voir le cadavre d'un garçon, de 12 à 13 ans, mort dans la nuit dans un campement éloigné d'une lieue. Il avait travaillé dans la montagne pendant 4 où 5 jours, et avait beaucoup souffert de la chaleur et du soleil. Il est rentré avec un grand mal de tête; puis la fièvre survint avec du délire. La mort s'en est suivie le troisième jour, sans bubons ni charbons, le cadavre étant couvert de pétéchies. J'ai considéré ce cas comme suspect, car ce garçon appartenait à la famille de Hamma Khalil où il y avait eu un mort de peste.

Je suis parti de Bana le 5 septembre, en compagnie de M. l'Inspecteur Paduan et de M. le docteur Schlimmer de Téhéran. M. le docteur Vartabet est

---

[1] Plus, le premier décès, le garçon Cherift—54.

retourné à Souleïmanié pour surveiller la quarantaine de la frontière. La route de Bana à Sakyz est presque déserte. Les rares villages qu'on y rencontre sont pour la plupart dépourvus d'arbres ; le sol est aride et ne donne que des produits maigres et étiolés. La rivière Djagatou, à cause de la sécheresse des deux années précédentes, est presque à sec.

Arrivé à Sakyz, le 6 septembre, je me suis adressé à Medjid Khan, gouverneur du district, et je l'ai prié de réunir un conseil pour me fournir des renseignements sur l'épidémie de peste qui s'était déclarée dans le district de Mukry.

Le 7 septembre, les principaux personnages de la ville étaient convoqués, et voici les renseignnments que j'en ai retirés.

Renseignements fournis par les notables de Sakyz

L'épidémie a paru l'hiver passé dans le district de Mukry et plus exactement dans le village d'Arbanouz qui fut complètement dépeuplé ; c'est à peine si l'on y compte 7 ou 8 personnes échappées au fléau.

Arbanouz est un pays malsain, marécageux, où l'on cultive le riz. L'été passé, il y avait eu une grande mortalité de moutons, et l'ergotisme chez les hommes. A présent, le pays est tout à fait désert. Limitée à Arbanouz pendant l'hiver, la maladie se propagea au printemps à Turkmenkendi et envahit peu à peu presque tout le district de Mukry. On trouverait à peine aujourd'hui quelques villages non—atteints de la maladie. A l'heure qu'il est, Boukan en est très maltraité. Il y a trois jours, les dernières nouvelles reçues par le Gouverneur de Sakyz portaient que la maladie avait fait 37 victimes en 10 jours (1). Tout

---

(1) Il est à noter qu'avant mon départ de Téhéran, le village de de Boukan m'a été désigné par le Docteur Tholozan comme atteint de la

le monde est d'accord pour déclarer que cette maladie est la peste (Taghoua). Elle débute par la fièvre. Dans quelques cas, les malades deviennent comme fous (délire), dans d'autres ils sont comme endormis (assoupissement). D'autres fois il y a des vomissements ou de la diarrhée. Puis paraît des enflures sous les bras, au pli de l'aine et au cou (bubons) et *des plaies se forment sur le ventre et sur la poitrine* (charbons?). Dans le petit village de Karava, non loin de Sakyz, qui appartient au Gouverneur, 50 individus sont morts de peste. Dans ce village, on a acheté des habits provenant d'Arbanouz. Les femmes et les enfants ont endossé ces effets, et peu de temps après ils sont morts de peste. C'est dans la maison de Schahwort qu'ont eu lieu les premiers cas. Toute la famille a été emportée. Grace à la dispersion des habitants, qui se sont réfugiés dans les montagnes voisines, la peste a fini par s'éteindre. Le Gouverneur me dit qu'il avait fait intercepter toutes les communications entre Karava et les pays non-pestiférés, et que la ville de Sakyz était jusqu'à présent restée indemne (1). On avait interrompu aussi les relations avec Bana, mais on a fait une exception pour nous, pensant sans doute qu'on ne devait pas empêcher les médecins de remplir leur mission (2).

Le 8 septembre j'ai visité les deux villages de Kaninias et de Karava.

Kaninias.—A une lieu de distance de Sakyz, du côté de l'ouest, on rencontre le petit village de Kaninias.

---

maladie alors suspecte. Une lettre adressé de Tauris au susdit médecin disait que depuis le commencement de Juin on parlait dans cette dernière ville d'une maladie bubonique apparue à Boukan et Nechit.

(1) Malgré ces précautions, des cas de typhus très-graves existaient à Sakyz. Ils pouvaient bien être les précurseurs de la peste.

(2) Ces mesures sont illusoires, car il y a un va et vient incessant,

Situé au pied de la montagne, dans une petite plaine aride, non loin de la rivière Djagatou, ce village se compose d'une dizaine de maisons adossées les unes aux autres, ayant des portes et des fenêtres basses et étroites. Devant ces maisons, on voit des tas d'ordures de toutes espèces et la fiente de vache séchée au soleil et préparée en galettes pour être brûlées à la place du bois qui manque dans le pays. Ce combustible est élevé en piles tout autour du village, à une hauteur plus élevée que celle des fenêtres, et disposé en couches sur les toits des maisons. Tout ce que la misère a de plus affligeant, tout ce que la saleté a de plus révoltant, est accumulé comme à dessein autour de ces tanières infectes, dans l'intérieur desquelles vivent ou plutôt végètent de 50 à 60 individus, hommes, femmes, enfants. La culture de quelques parcelles de terrain sises dans les environs fournit à ces malheureux une nourriture insuffisante.

La peste fut importée à Kaninias, au commencement de juillet, par la femme Mélek provenant d'Allah–boulak village de Fésulabak. Le mari de cette femme avait acheté ou volé (la seconde version semble la plus vraie) à Turkmenkendi des hardes ayant servi à des pestiférés. Tombée malade le jour même de son arrivée, cette femme est morte le troisième jour avec tous les symptômes de la peste, fièvre, bubons et pétéchies. Pirendj, femme de Cheyk Kassém, habitant la même maison et attaquée huit jours après, est morte en trois jours. Elle avait eu trois charbons dont un sur la poitrine, un sur l'épigastre et un sur la tête. La femme Djamine, morte de peste, avait présenté bubon et charbon. L'enfant Kassim, âgé de 5 ans, est mort avec fièvre, vomissements et bubon.

---

n'est qui par surveillé, entre les pays contaminés et la ville de Sakyz. Nous mêmes, nous avons été reçus sans la moindre difficulté, après notre retour de Karava.

Cheyk Kassem fait voir un bubon encore en suppuration à l'aine gauche. Le nommé Goulaz montre un bubon au côté gauche du cou, derrière l'oreille. Ce bubon, oblong, de la grandeur d'un pouce, est de couleur brun-foncée, fluctuant, incomplètement ouvert et bouché par une croûte. Sophya Aziz porte la cicatrice d'un bubon à l'aine gauche.

A Kaninias il y eut en tout 8 cas dont 4 finirent par la mort. L'épidémie a duré depuis le commencement de juillet jusqu'au 19 août, jour du dernier décés.

Karava.—A une lieu ouest de Kaninias se trouve le village de Karava. Au moment où nous nous dirigions vers ce village, nous entendimes des vociférations et des cris dans la direction de la montagne et qui étaient à notre adresse : on nous prévenait de ne pas approcher du village, car la peste avait passé par-là.

Le village était désert. Tout ce que j'ai dit de Kaninias est également applicable à Karava. Même misère, même saleté, même encombrement des maisons. Dans une quinzaine de ces masures, véritables terriers immondes, sont logés à peu près 100 habitants.

Je fis appeler le nommé Seïd Villet qui m'avait été désigné comme étant le chef du village, l'individu le plus intelligent et le plus capable de me donner les renseignements dont j'avais besoin.

Il descendit de la montagne accompagné d'une dizaine de personnes, et voici les renseignements que j'en ai recueillis.

La peste s'est déclarée à Karava dans les circonstances suivantes. Le cadavre de la femme Mélek, qui avait importé la peste à Kaninias, fut enterré dans le cimetière de Karava qui est commun à trois ou quatre villages. Un certain nombre de personnes assistèrent à cet enterrement. Les hardes de la défunte ont été déposées dans la maison de Seïd Villet où la peste s'est déclarée huit jour après. La famille de Schahwort habitait dans la même maison. Cette famille se composait de six individus, dont les cinq périrent en peu de jours. Le chef de la famille, ne se trouvant pas dans le pays, en a été le seul épargné ; il nous raconta lui-même cette triste histoire les larmes aux yeux.

La dispersion des habitants ne tarda pas à s'opérer. Il y eut en tout 27 morts et 8 guéris, ce qui est énorme, sur une population de 100 habitants environ.

Le dernier décès eut lieu le 1er septembre.

Voici maintenant les individus convalescents ou guéris que le susdit Seïd Villet a pu me faire voir. La femme Pervert de 45 ans qui eut la peste avec fièvre, assoupissement et vomissements. Elle nous dit avoir la cicatrice d'un bubon à l'aine droite et elle nous montre trois croûtes de charbons à la joue du même côté.

Hamizat, femme de 23 ans, atteinte de la maladie vers la fin juillet, fait voir la cicatrice d'un bubon derrière l'oreille gauche.

Nâssroullah, enfant d'un an, a un bubon encore rouge et dur à l'aine droite, bubon qui, au dire de sa mère, datait de 15 jours ; du reste, cet enfant semble bien portant.

Les descriptions des symptômes et de la marche de la madie faites par les différents individus de ces deux villages concordent parfaitement avec celles déjà enregistrées et que je crois inutile de répéter.

Les autres pays qu'on m'avait indiqués comme atteints de la peste et que je me proposais de visiter, sont les suivants : Boukan, Natchit, Turkmenkendi, Armeni-boulaghy, Arbanouz, Utch-tépé et Sooutch-boulak.

J'ai déjà signalé à l'Administration l'opposition que j'ai rencontrée au moment de traverser le village de Serrah pour me rendre à Boukan. Je n'y reviendrai pas (1). Seulement, je ne puis pas m'empêcher de renou-

---

(1) Ces montagnards ont repoussé à coup du fusil la commission

veler ici l'expression de mon profond regret pour ne pas avoir pu achever une enquête si intéressante et qui promettait de réussir une de plus complètes.

Pour suppléer, autant que faire se peut, aux lacunes dérivant de cette brusque interruption de mes travaux, je présente ici un résumé de deux rapports adressés au gouverneur de l'Aderbidjan par le médecin persan Mirza Abdul-Aly, envoyé de Tauris dans le Mukry avec une mission analogue à la mienne.

Resumé de deux rapports adressés par le médecin persan Mirza Abdul-Aly au gouverneur de l'Aderbidjian.

Le premier de ces rapports, sans date, contient une description des symptômes, observés par Mirza Abdul-Aly, chez les malades qu'il a eu occasion d'observer, ainsi que la description qui lui a été faite par les individus guéris. Je me bornerai à rapporter une seule de ces observations, car toutes les autres ne sont qu'une répétition des mêmes symptômes plus ou moins prononcés.

Le sujet de cette observation est une jeune fille de 13 ans, malade depuis quatre jours. Elle a une fièvre violente accompagnée de symptômes typhoïdes. Une éruption, sous forme de petites taches violacées, couvre tout son corps, mais elle est plus apparente sur la poitrine, le dos, le cou et les bras. La chaleur est très-forte, les yeux rouges, le pouls accéléré et fort, la soif excessive, les dents fuligineuses et la langue chargée. On remarque une tumeur de la grosseur d'un œuf de pigeon sous l'aisselle, tumeur très-dure et sans changement de couleur sous la peau.

Le second rapport expédié de Tauris porte la date du

------

qui a dû rebrousser chemin, faute d'un appui efficace de la part de l'autorité persane. *Note de l'Administration.*

28 septembre 1871. C'est un exposé sommaire des observations que Mirza Abdul-Aly a eu occasion de faire dans
les différents pays qu'il a pu visiter, suivi d'une relation
sur l'origine et sur la marche de l'épidémie dans le Mukry.

« Les symptômes de la maladie que j'ai observée dans les
» villages du district de Mukry, y est-il dit, sont les suivants:
» Mal de tête violent, accompagné de forte chaleur de la
» peau et d'oppression précordiale ; les yeux sont injectés
» de sang. Après cela, des frissons très-forts aboutis-
» sant à une fièvre violente. Le même jour ou le jour
» suivant, apparaît une tumeur, sans altération de la cou-
» leur de la peau, derrière l'oreille, sur le cou, à l'ais-
» selle ou à l'aine. Cette tumeur, de la grandeur de la
» moitié d'une fève, quelquefois d'une noisette ou d'un
» œuf de pigeon et même de poule, est accompagnée d'une
» forte douleur. On m'a raconté qu'à cause de la tu-
» meur sous l'aisselle, il se formait quelquefois un œdè-
» me qui s'étendait jusqu'au visage, au cou et au dos
» du .même côté. Des petites taches rouges foncées ou
» violacées, semblables à la piqure d'un insecte, convrent
» tout le corps, mais spécialement la poitrine, le dos, le
» cou et les côtés, ce qui est la *hasbé* (pétéchies). Un ma-
» lade dans cet état ne resiste pas plus de 12 à 48 heures,
» très-rarement une semaine ou 10 jours. Il arrive aussi
» que trois ou quatre jour après l'apparition de ces symp-
» tômes, le malade s'améliore et se rétablit. Quelquefois
» on observe tous les symptômes précédents sans les tu-
» meurs ; mais dans ce cas, il se produit une forte agita-
» tion et des spasmes très-forts dans les muscles, jusqu'à
» amener les genoux contre la poitrine. Ces symptômes
» sont un signe indubitable de mort. A l'apparition de la
» maladie, personne n'a fait attention à l'existence des tu-
» meurs : c'est pour cela qu'on a pris la maladie pour
» un *typhus* grave jusqu'à ce qu'ayant observé les tu-
» meurs on lui a donné le nom de peste.

» L'origine de cette maladie dans les villages du Mu-
» kry est racontée comme il suit :

» Au mois de Ramazan 1287 (décembre 1870) dans les
» jours saints entre le 19 et le 23 (13 à 17 décembre), un
» habitant du village de Djoumouchan situé entre Agh-
» djevan, Arméni-boulaghy et Gultépé s'est rendu à Mer-
» hametabad qu'on appelle aussi Miandjouab, 27 farsaks
» de Tauris sud-ouest. En retournant, il avait apporté
» sous le bras une certaine quantité de coton. Le len-
» demain, il a été pris d'un mal de tète violent et de fris-
» sons, accompagnés d'une forte agitation et de soif
» ardente ; le même jour, une tumeur s'est formée sous
» l'aisselle gauche et de petites taches rouge-foncées
» ou violacées ont paru sur le corps. Le second jour, il
» était mort. Personne n'a pu savoir d'où il a porté ce
» coton ou chez qui il l'avait acheté, ni qui il avait visité
» ou vu. Deux jours après la mort de cet homme, un
» autre individu de la même maison est mort avec tous
» les syptômes précités. En un mot, tous les membres
» de cette maison, au nombre de 10 personnes, hommes,
» femmes et enfants, sont morts dans l'espace de 15
» jours. Un jour après, un individu de la maison voi-
» sine est tombé malade et après trois jours il est mort.
» Tous les habitants de cette maison, au nombre de six,
» sont morts dans l'espace de 21 jours, à l'exception
» d'un nourrisson qu'on avait transporté ailleurs au
» commencement de la maladie. La distance entre Djou-
» mouchan et Arbanouz n'étant pas plus de 3 4 de
» farsak, les habitants de ces deux villages avaient des
» rapports très-fréquents entre eux. Ils se rendirent
» aussi aux enterrements et à leurs cérémonies. De
» plus, les morts ont été enterrés dans le cimetière d'Ar-
» banouz. La maladie a paru aussi au commence-
» ment de Cheval (13 Janvier) à Arbanouz; elle
» resta dans ces deux villages jusqu'à deux mois après

» le Nevrouz (Mai 1871), et tous les habitants ont été
» emportés, à l'exeeption de 8 individus dont l'un laveur
» de morts ; ce sont les seuls habitants qui restaient
» lorsque j'ai visité ces deux villages. Le nombre des
» morts dans ces deux villages, par suite de eette mala-
» die et dans eet espace de temps, est évalué au moins
» à 101, dont 62 de Djoumouehan de tout sexe et âge,
» et 39 personnes d'Arbanouz.

» Une femme de Djoumouchan s'est rendue après la
» mort de son mari, au village d'Uteh-tépé en em-
» portant ses effets. Elle deseendit dans la maison d'un
» de ses parents, où elle a été attaquée par la maladie
» et y a sueeombé. Après ee cas, la maladie a éelaté
» dans la même maison , puis elle a passé graduelle-
» ment dans tout le village d'Uteh-tépé, et jusqu'au
» 15 Djemazil-ewel (3 Août), elle y existait eneore et
» avait fait plus de 100 vietimes.

» Pendant l'hiver, la maladie avait paru aussi dans le
» village de Sandjak où elle a fait 35 vietimes, et à Gultépé
» où 12 personnes sont mortes ; après quoi elle a disparu
» de ces deux localités.

» La maladie existait à Charab jusqu'au 15 Djema-
» zil-ewel (3 Août), eomme je l'ai constaté moi-
» même ; 18 personnes en sont mortes. Jusqu'à la mê-
» me date il y a eu 25 vietimes dans le village de Ra-
» him-Khan. Elle avait diminué pendant 2 jours ; mais
» je ne sais pas ee qui en est arrivé après. Dans le
» village Akdjevan, sont mortes 13 personnes, après quoi
» la maladie a disparu.

» A Aktépé et Bibikent elle existait eneore au commen-
» eement d'Août. Je viens d'apprendre que ees jours-ei,
» c'est-à-dire 28 ou 29 courant, la maladie s'est montrée
» dans le village de Yekchembé. »

(Signé,) MIRZA ABDUL-ALY.

Ces rapports, que je dois à l'obligeance de M. le docteur Tholozan, sont accompagnés d'une lettre adressée à Mirza Karaman–Emini–Leschker de Tauris. Il résulte de cette lettre, que ce confrère, malgré sa qualité de musulman, de persan et d'employé du gouvernement, à rencontré de graves difficultés, de l'opposition et des menaces qui l'obligèrent à interrompre son enquête. L'identité des faits suppose une identité de causes. Les mauvais traitements, essuyés par Abdul–Aly, et les menaces subies par la commission ottomane sont dus à la frayeur exagérée des populations lesquelles, voyant que le gouvernement ne prenait aucune mesure pour les garantir de la redoutable maladie, se protégeaient elles-mêmes et partout de la même façon.

C'est à l'aide de ces documents, malheureusement fort incomplets, que je vais essayer d'étudier les différents éléments de l'épidémie dont il s'agit.

II.

(A) Nature de l'épidémie.—Et d'abord quelle est la nature de cette épidémie? Je n'aurai pas besoin de beaucoup de paroles pour la définir.

Une maladie caractérisée par une forte fièvre accompagnée de symptômes typhoïdes, par l'apparition de bubons sous les aisselles, aux aînes et au cou, de charbons dans différentes parties du corps et de pétéchies répandues sur toute la surface de la peau ; attaquant dans un pays plusieurs maisons, plusieurs individus dans la même famille ; tuant rapidement les malades et se transmettant d'un pays contaminé à un pays sain, une pareille maladie ne peut être et n'est autre chose que la peste d'Orient. Si, depuis l'apparition de cette maladie dans le

Kurdistan jusqu'aujourd'hui, il ne se trouvait pas à Téhéran et dans d'autres pays de la Perse, des personnes
ayant intérêt à cacher la vérité, et des soi-disant médecins ou assez complaisants ou assez ignorants pour
déclarer que la maladie du Kurdistan n'est autre chose
qu'un typhus grave, non-contagieux, ou bien ce qu'ils ap-
pellent *Siahek*, pustule maligne, et si le verbiage vide et in-
sensé de ces charlatans n'obtenait ici auprès des personnages les plus haut placés plus de créance que les
études consciencieuses des médecins vraiment dignes de
ce nom, je ne serais pas obligé de rien ajouter à ce que
je viens de dire. D'ailleurs les descriptions toujours et
partout identiques, faites par les habitants des pays atteints, les restes éloquents que nous avons trouvés, les
observations détaillées du docteur Vartabet qui a vu la
maladie à Bana dès son commencement, celles non moins
intéressantes du médecin persan Abdul-Aly, seront
des preuves tellement convaincantes qu'il serait oiseux
de s'appesantir davantage pour la démonstration d'une
thèse qui n'a pas besoin d'autres développements. Pour
obvier à tout malentendu et pour engendrer la conviction dans les esprits même les plus prévenus, je devrais
faire ici le diagnostic différentiel de la peste, du typhus
et de la pustule maligne. Je préfère couper court à toute
discussion, en rapportant le passage suivant emprunté
à M. Valeix. Si cette autorité n'est pas acceptée par les
médecins persans, qui sont encore à consulter Avicenne
et à étudier ses canons, elle sera admise, j'en suis sûr,
sans contestation, par tous ceux qui sont au courant
de la science moderne et qui ne méprisent pas ses progrès. « Tous les auteurs conviennent « dit Valeix » qu'il
» est inutile de tracer le diagnostic différentiel de la peste :
» ainsi, qu'une fièvre grave sévissant sur un grand
» nombre de sujets à la fois s'accompagne de bubons et
» de charbons ; c'est la peste ». La maladie épidémique

du Kurdistan, ayant présenté tous ces caractères, est évidemment une épidémie de peste.

(B) Point de départ de l'épidémie.—Avant toute chose, il faut rechercher si dans les pays limitrophes ou dans quelque contrée plus éloignée, mais ayant avec l'endroit où la peste s'est développée des relations plus ou moins fréquentes ; il faut, dis-je, rechercher s'il n'existait pas avant cette dernière épidémie un foyer pestilentiel quelconque qu'on puisse soupçonner d'avoir transmis la maladie au Kurdistan. Depuis quatre ans que je suis en Perse, je n'ai jamais entendu dire qu'il se soit manifesté quelque part rien qui de près ou de loin mérite d'être assimilé à la peste.

C'est plus particulièrement en l'année 1870, année de disette et de famine, que mon attention s'était portée avec plus de vigilance sur les maladies qui d'ordinaire suivent ce genre de calamités publiques. Le choléra, ce fléau devenu déjà maladie endémique en Perse, a bien continué à exercer ces ravages dans plusieurs provinces de cet Empire, le typhus est bien venu ajouter ses désolations à celles causées par le choléra et par la famine, mais rien d'analogue à la peste n'a guère été observé dans ce pays. Dans les provinces limitrophes de la Turquie et de la Russie, à l'exception du choléra qui s'est déclaré dans les provinces transcaucasiennes et dernièrement dans celles de la Mésopotamie, on n'a rien observé ayant avec la peste la moindre ressemblance.

L'épidémie du Kurdistan nous a, je ne dirai pas surpris à l'imprévu, car je le répète nous étions déjà sur nos gardes, mais elle a détourné notre attention qui était naturellement dirigée vers les contrées qui, ayant beaucoup plus souffert de la famine et réunissant un plus grand nombre de causes capables d'engendrer la peste, nous faisaient craindre davantage son développement spontané.

Les renseignements que j'ai recueillis à Sakyz et le rapport du médecin Abdul-Aly sont unanimes à établir que l'épidémie s'est manifestée dans le district de Mukry dans l'Aderbidjian. A l'egard de son véritable point de départ, il règne une légère variante entre les informations qui m'ont été données et les renseignements fournis par le susdit médecin. D'après les premières, la peste se serait déclarée l'hiver passé à Arbanouz, d'où elle serait sortie pour envahir Turkmenkendi et les autres villages de Mukry.

L'origine de l'épidémie est attribuée par Mirza Abdul-Aly au village de Djoumouchan où elle se serait développée chez un individu revenant de Miandouab et portant sous son bras un paquet de coton. C'est de Djoumouchan que, d'après le médecin persan, la maladie se serait propagée jusqu'à Arbanouz. Ces deux villages auraient été complètement dépeuplés, à l'exception de sept ou huit individus qui seuls auraient échappé aux ravages du fléau. Quoi qu'il en soit, les deux villages en question, Arbanouz et Djoumouchan, se trouvent à une très-petite distance l'un de l'autre, et les conditions topographiques, hygiéniques et climatériques des deux localités sont tellement analogues qu'il est à peu près indifférent d'attribuer l'origine de la maladie à l'un plutôt qu'à l'autre.

C'est donc dans le district de Mukry que l'épidémie se déclara l'hiver passé. Limitée d'abord dans trois ou quatre villages, elle en est sortie au printemps pour envahir d'autres localités du même district.

(*C*) *Causes.*—Lorsqu'on considère l'unanimité de tous les loïmographes pour admettre comme causes de l'origine spontanée de la peste la situation d'un pays sur un terrain d'alluvion, à proximité des deltas des grands fleuves et près des marécages, l'humidité de l'atmosphère, les chaleurs de l'été, les maisons basses et humides, la nourriture mauvaise et insuffisante et la misère physique et morale des habitants, on est à juste titre étonné de voir une épidémie de peste se développer spontanément au beau milieu de l'hiver dans le Kurdistan, pays montagneux, dont la déclivité de terrain favorise l'écoulement des eaux et empêche les marécages de se former, où les petites rivières convergeant vers le Nord vont se jeter sans encombre dans le lac d'Ourmia aux eaux tellement salées que les poissons ne peuvent pas y vivre ; pays où, malgré deux années de sécheresse extraordinaire, il n'y a pas eu de famine, où, d'après le dire de Mirza Abdul-Aly, il y aurait eu même bon marché de vivres et où par conséquent la misère physique et morale, qui chez des peuples à demi-barbares en découle exclusivement , ne peuvent pas être invoquées. Et pourtant c'était bien la peste le mieux caractérisée qui se déclara dans un pays pareil ; c'est bien là qu'elle s'est développée, car nous avons vu que ni dans le voisinage ni dans les contrées plus éloignées il n'y avait pas d'endroits atteints de la peste qu'on puisse accuser d'avoir transmis la maladie. Si l'éclosion d'une épidémie de peste était à craindre quelque part en Perse, c'est plutôt du côté du Khorassan et du Fars, où la famine a fait en 1870 des ravages affreux, où les ensevelisseurs ne suffisaient pas aux cadavres qui restaient sans sépulture dans les rues et dans les bazars, où les parents vendaient leurs enfants pour quelques francs, afin de les soustraire à une mort inévitable et se procurer à eux-mêmes le pain pour quelques jours (1).

---

(1) Quoi d'étonnant que la peste ait pu se développer dans des conditions aussi calamiteuses, sans être observée ? Rien ne prouve que la peste de Mukry et de Bana ne soit originaire du Khorassan et du Fars. Les razias de la mort sur des populations entières en 1870,—la mortalité en 1871 a été encore plus violente dans une grande partie de la Perse—ne sont pas exclusivement attribuables à la famine, mais beaucoup aux conséquences terribles de la famine, les épidémies qui s'en suivent. Or, il est de fait que la nature de ces épidémies est com-

Ce que nous savons des causes productrices de la peste est, d'après ce que je viens de dire, tellement peu applicable à l'épidémie actuelle, qu'on peut dire avec raison que celle-ci est venue bouleverser toutes les idées considérées jusqu'à ce jour comme appuyées sur une longue série d'observations et d'études.

Je n'ai pas pu visiter les villages dans lequels l'épidémie a pris son origine, je ne puis par conséquent en apprécier convenablement les conditions d'insalubrité qui pourraient avoir contribué au développement spontané de la peste.

J'essaierai de les étudier à l'aide des documents que je possède et des renseignements que j'ai pu recueillir.

Les seuls faits qui semblent incontestables et qui peuvent être considérés comme ayant exercé une certaine influence sur l'éclosion de la peste dans le Kurdistan, sont la sécheresse extraordinaire de l'été qui a précédé son apparition, une épizootie parmi les moutons et l'ergotisme chez les hommes. Quant aux causes d'insalubrité inhérentes au pays lui-même, nous ne savons qu'une chose. Les deux villages d'Arbanouz et de Djoumouchan, qui se partagent le triste privilège d'être considérés comme étant le berceau de l'épidémie, semblent posséder des rizières lesquelles dans ces dernières années auraient même acquis un plus grand développement.

Analysons une à une ces différentes causes.

La sécheresse a été partout vraiment excessive pen-

----

plètement ignorée à Téhéran. La preuve en est que la peste de Bana a été signalée à Téhéran par l'Administration sanitaire ottomane, et cependant elle existait dans le Mukry plusieurs mois avant. A plus forte raison on est en droit de suspecter de vastes et lointaines provinces livrées aux horreurs de la famine, des maladies et de la mort. La peste du Kurdistan persan semble donc être originaire de l'intérieur du royaume. C'est du moins ce que l'on est porté à croire jusqu'à preuve du contraire. *(Note de l'Administration.)*

dant les années 1870—71. C'est à elle que nous devons rapporter la famine qui a désolé une grande partie de la Perse, qui continue encore à l'heure qu'il est à la désoler, et qui nous présente la perspective la plus sombre pour l'hiver qui va commencer. Si le district de Mukry n'a pas eu beaucoup à souffrir de la famine, il est sûr cependant que là aussi il y a eu disette de vivres, bien que les prix n'en eussent pas été très-élevés. Je l'infère de ce que j'ai vu à Bana, à Sakyz et dans les villages du Kurdistan que j'ai parcourus. Le prix du pain, de l'orge, de la viande etc., n'était pas excessif, quoique ces comestibles n'ussent pas été abondants dans ces contrées. Cela peut s'expliquer par la difficulté des communications avec les autres pays, et par le manque de spéculateurs accaparant les denrées et en faisant monter le prix. Ces denrées ont été par conséquent vendues sur place et toujours à des prix modérés. Quoi qu'il en soit, je crois que si d'un côté la chaleur humide de l'atmosphère est considérée à juste titre comme une cause d'insalubrité, de l'autre la sécheresse excessive ne peut pas être rangée parmi les conditions favorables à l'entretien d'une bonne santé. D'ailleurs, l'épidémie de peste qui ravagea le Kurdistan en 1830 avait été elle aussi précédée par un été extraordinairement sec.

L'épizootie chez les moutons peut avoir contribué de deux manières à la production de la peste. Nous savons parfaitement qu'en Perse on ne se soucie pas d'enterrer les charognes. Les chevaux, les chiens, les chameaux qui crèvent au beau milieu des villes, on les laisse se putréfier à l'endroit même où ils sont morts, et toutes les réclamations que nous avons faites jusqu'ici pour que l'autorité persane mît un terme à cet état de choses sont restées infructueuses. A Téhéran même, la capitale de l'Empire, on voit à chaque pas des charognes à moitié rongées par les chiens et par les vautours et répandant une odeur infecte. Que dis-je? Dans ce temps de choléra, de typhus et de famine, il n'est pas rare de rencontrer des cadavres humains que personne ne songe à enlever. Pour mon compte j'en ai fait enterrer deux qui gisaient à quelques pas de mon habitation. Dans un pays sans police, avec une administration si peu prévoyante, on ne doit pas s'étonner si les charognes des moutons restées exposées au soleil ont contaminé l'atmosphère; le contraire serait extraordinaire. Mais l'épizootie en question peut avoir exercé une influence morbifique d'un autre genre, si les habitants se sont nourris de la viande de moutons malades, ou, ce qui est pis encore, de chairs de moutons morts. A moins de nier l'action malfaisante des matières animales en putréfaction et d'une alimentation corrompue, on ne pourra ne pas admettre cette double influence de l'épizootie.

Quant à l'ergotisme, s'il est vrai qu'il ait existé, on ne pourrait lui attribuer qu'un rôle secondaire, celui de déterminer chez les individus atteints une prédisposition particulière à contracter la peste, prédisposition provenant de la dégradation d'une constitution profondément débilitée par l'usage d'une alimentation empoisonnée.

Restent les rizières. Je suis loin d'admettre avec le gouverneur de Sakyz que le pays où la peste s'est développée soit un pays marécageux. J'ai de la peine à comprendre des marécages se formant dans un endroit montagneux où la déclivité du sol favorise l'écoulement des eaux et où la nature du sous-sol, peu perméable, ne favorise pas les infiltrations. Il existe, il est vrai, des rizières dans les plaines aboutissant au lac d'Ourmia, et là les fièvres intermittentes sont endémiques; la cachexie paludéenne y est fréquente avec tout l'accompagnement des lésions organiques qu'elle provoque; mais entre cette source de malaria et l'endroit où la peste s'est développée sont les montagnes qui bordent le lac du côté du sud, et c'est sur leur hauteur que sont placés les pays pestiférés. Les endroits vraiment malsains n'ont rien présenté de suspect en dehors des fièvres endémiques et du choléra qui s'y déclara l'été passé et qui ne fut pas très-grave.

Il est vrai aussi que des rizières peuvent être créées artificiellement dans des endroits élevés, en ménageant des issues aux eaux des rivières et empêchant leur écoulement dans les parties déclives par des travaux de terre ou autres, terre-pleins qu'on enlève après les fauchages du riz ; mais il y a loin de là aux rizières d'une grande étendue, sur des terrains unis où les eaux séjournent même après la récolte et laissent après leur retraite lente et difficile des surfaces immenses exposées aux rayons du soleil, siège de décompositions végétales et animales, source de miasmes les plus dangereux.

En désignant ces causes d'insalubrité, je ne prétends pas leur attribuer la propriété de produire, à elles seules, le miasme pestilentiel. Que de pays où toutes ces causes se trouvent réunies et qui pourtant restent indemnes ! S'il ne fallait qu'un exemple, je n'aurais qu'à citer celui du Mazandéran. Là de vastes rizières, là l'endémie palustre, là la chaleur excessive, là la disette et une grave épizootie sur les bœufs ; mais malgré cela, pas de peste. Je répète que je n'ai pas pu pénétrer dans le Mukry, et malheureusement le rapport de Mirza Abdul-Aly est muet à l'endroit des conditions particulières de ce pays et des causes d'insalubrité qu'il renferme. J'ai dû mentionner ce que j'ai pu retirer des renseignements qu'on m'a fournis, et je l'ai fait parce que dans l'ignorance où nous sommes des véritables causes pouvant engendrer la peste, il faut tenir compte de tout, le moindre détail pouvant acquérir avec le temps et les progrès scientifiques une importance dont il semble dénué aujourd'hui.

(D) Symptômes.—Je ne possède pas assez d'observa-

tions détaillées pour pouvoir faire une analyse des symptômes morbides, en étudier la fréquence relative et l'indiquer par des chiffres, afin d'en déduire quelques conclusions sur leur valeur séméiologique. Je suis obligé de désigner d'une manière sommaire les résultats de ces observations. La fièvre est un phénomène presque constant, ce n'est que dans les cas extrêmement légers qu'elle a fait défaut, elle a été très-souvent précédée de frissons. Les symptômes nerveux et cérébraux ont été observés avec une grande fréquence. M. Vartabet note l'état typhoïde des malades qu'il a vus et l'expression particulière de la face, tantôt effrayée tantôt stupide ; ces symptômes sont décrits aussi par le médecin persan Abdul-Aly. Parmi les symptômes nerveux mérite d'être mentionnée une agitation particulière notée par Mirza Abdul-Aly chez les individus gravement atteints et qui n'avaient pas des bubons, agitation tellement forte qu'elle provoquait des spasmes dans les muscles qui se contractaient jusqu'à porter les genoux contre la poitrine. On a remarqué très-souvent la douleur précordiale ; presque tous les malades de M. Vartabet ont présenté cette douleur.

Les bubons ont été observés avec une fréquence presque égale aux aînes et aux aisselles ; au cou ils semblent avoir été plus rares. Chez les 11 malades de M. Vartabet on trouve notés les bubons 4 fois à l'aine, 5 fois sous l'aisselle et 2 fois au cou. Rouges au commencement, les bubons deviennent plus tard livides ; d'après le médecin persan, il n'y avait pas de changement dans la couleur de la peau tout autour de la tumeur. Les pétéchies accompagnaient toujours les cas graves. Elles paraissaient d'ordinaire quelques heures avant la mort. Mirza Abdul-Aly les a observées plus copieuses au cou, au dos, sur la poitrine et aux bras.

Les charbons semblent avoir été très-rares à Bana et

dans le Mukry. Dans les 11 observations de M. Vartabet, ainsi que dans le rapport du médecin persan, il n'en est pas fait mention. J'en ai rapporté un cas que j'ai observé chez un enfant de Bana. A Kaninias et à Karava j'en ai noté trois cas.

En général, il résulte de l'ensemble des documents que j'ai exposés que le plus ou moins de gravité de la maladie dépendait de la plus ou moins grande violence de la fièvre. On croit avoir remarqué que les vomissements étaient favorables, que les pétéchies confluentes et de couleur foncée étaient de mauvais augure, rouges et claisemées elles étaient moins redoutables ; que les bubons suppurants étaient d'un bon signe, tandis que leur disparition ou leur état de dureté étaient de mauvais présage. Cette dernière circonstance dépend probablement de la grande rapidité de la maladie qui, dans les cas mortels, ne laisse pas aux bubons le temps de suppurer.

(E) Marche de l'épidémie et mortalité.—Je me servirai du rapport de Mirza Abdul-Aly pour étudier la marche de l'épidémie dans le Mukry, et je me rapporterai à mes propres observations pour ce qui concerne la ville de Bana et les deux villages de Kaninias et de Karava.

La peste a été observée, après la moitié de décembre 1870, dans le village de Djoumouchan. Un individu revenant de Miandouab portait sur son bras un paquet de coton. Le lendemain il est pris de symptômes très-graves, un bubon et des pétéchies se manifestent, et le second jour il est mort. Il est à regretter que Mirza Abdul-Aly n'ait pas fait des recherches sur le village de Miandouab d'où venait l'homme au paquet de coton. Peut-être eût-il trouvé que la maladie existait déjà dans ce village, et le véritable point de départ de l'épidémie ne serait plus un problème.

Miandouab est un petit pays sis entre les deux rivières Djagatou et Faoutou ; là aussi il y a des rizières, là aussi, peut-être là plus que partout ailleurs, il se rencontre la plupart des conditions signalées comme capables d'engendrer la peste. Malheureusement, là se bornent tous les renseignements que je possède sur cette localité. Quoi qu'il en soit, suivons notre confrère dans la description qu'il nous donne de la marche suivie par l'épidémie, depuis son commencement jusqu'à la fin du mois de juillet. Deux jours après la mort du sujet qui fut la première victime de Djoumouchan, la peste se déclara dans la même maison et y tua en 15 jours tous les habitants au nombre de 10. Un jour après cette catastrophe, la maison voisine fut attaquée et les 6 personnes qu'elle contenait périrent toutes l'une après l'autre, à l'exception d'un nourrisson qu'on avait fait sortir de la maison dès le commencement de la maladie. Dans les premiers jours du mois de janvier, la peste se déclara à Arbanouz. Dans l'espace de 5 mois, l'épidémie enleva toute la population de ces deux localités, à l'exception de 8 individus. Les victimes furent en nombre de 101 dont 62 appartenaient à Djoumouchan et 39 à Arbanouz. Dans le courant de l'hiver, la maladie avait aussi paru dans les villages de Sandjak et de Gultépé, elle fit 35 victimes dans le premier et 12 dans le second, puis elle disparut. L'épidémie resta confinée dans ces quatre villages jusqu'au mois de mai 1871.

Ce fut à cette époque qu'une femme de Djoumouchan s'est réfugiée, après la mort de son mari, dans une maison d'Utch-tépé auprès de ses parents. La peste ne tarda pas à se déclarer d'abord dans la même famille et plus tard dans tout le village où elle moissonna 100 victimes.

A la date du 3 août, la peste existait à Charab et y avait tué 18 personnes, ainsi que dans le village de Rahim

Khan où il y eut 25 morts. A la même époque, l'épidémie paraissait avoir diminué d'intensité dans ces deux pays.

A Akdjévan 13 personnes sont mortes de la peste; après quoi la maladie disparut. A la fin du même mois de juillet, la peste existait encore à Aktépé et à Bibi-kent, et vers la fin de septembre elle s'était montrée dans le village de Yekchembé.

Ce ne fut que le 28 juin que la peste apparut à Bana, où elle sévit pendant 47 jours et y enleva 53 victimes sur 91 attaques. On sait comment elle y fut importée, on sait à l'aide de quelles mesures on est parvenu à l'isoler et en atténuer les ravages.

Dans le village de Kaninias la maladie parut vers le commencement de juillet, fit 4 victimes sur 8 attaques et finit le 19 août.

A Karava la peste fut plus grave. Commencée aux premiers jours de juillet, elle se maintint jusqu'au 1er septembre et fit 27 victimes sur 35 attaques.

Malgré les lacunes présentées par cette relation, il est aisé de comprendre que la peste suivit dans sa marche la direction du nord vers le sud; que confinée pendant l'hiver dans les trois ou quatre villages qui l'avaient vu naître, elle n'en sortit qu'au printemps. Peut-être doit-on attribuer à la grande quantité de neiges, qui à cette époque rendent sinon impossibles certes très-difficiles les communications entre les différents pays de cette contrée montagneuse, le fait que l'épidémie ne déploya pas dès le début une tendance envahissante très-prononcée et qu'elle assouvit, pour ainsi dire, sa rage dévorante dans les étroites limites qu'elle ne pouvait pas franchir. De cette manière, sa puissance expansive contenue dès les premiers pas avait perdu beaucoup de sa force, et les ravages successifs ne répondirent pas à la violence du commencement.

La mortalité causée par l'épidémie dans les pays où

elle a été observée se résume comme il suit: A Bana 53, Kaninias 4, Karava 27, Djoumouchan 62, Arbanouz 39, Utch-tépé 100, Sandjak 35, Gultépé 12, Charab 18, Rahim-Khan 27, Akdjévan 13, ce qui donne un total de 388.

Ce chiffre de 388 doit être considéré comme aproximatif, car dans l'évaluation de la mortalité Mirza Abdul-Aly ne s'exprime pas toujours d'une manière absolue. Il ne faut pas oublier non plus que plusieurs villages sont désignés comme ayant eu ou ayant encore la peste sans en indiquer la mortalité. De cette dernière catégorie sont : Boukan, Natchit, Turkmenkendi, Armeni-boulaghy, Aktépé, Bibikent et Yékchembé. En outre, comme ce confrère a été forcé au beau milieu de son enquête de quitter le pays, on peut admettre une mortalité beaucoup plus considérable qu'il aurait pu signaler s'il eut pu continuer ses recherches.

(F) Contagion.—J'aborde maintenant une question très-délicate et que je voudrais traiter de manière à faire pénétrer dans l'esprit des lecteurs la conviction intime que l'étude des faits a déterminée dans le mien.

La peste du Kurdistan a-t-elle présenté le caractère de la contagionabilité? En d'autres termes, les faits observés à l'occasion de cette épidémie autorisent-ils à penser que la peste une fois développée sur un ou plusieurs sujets d'un pays se soit transmise à d'autres personnes et à d'autres pays par le fait de communications médiates ou immédiates?

Les observations de ce genre sont plus faciles dans les petites localités où tout le monde se connaît, où un individu ne tombe pas malade ni ne meurt sans que tous les habitants en aient connaissance. Les liens de parenté, de voisinage, de relations d'affaires, etc. forment d'un petit pays presque une seule famille. Dans les grandes

villes, il est rare qu'on puisse préciser le commencement d'une épidémie, son point de départ, et suivre la
filiation et l'enchaînement des faits. Lorsque l'existence
d'une maladie de ce genre est connue et admise sans
contestation dans une grande ville, les faits y relatifs
sont tellement nombreux, leur succession à subi de tels
enchevètrements qu'il est souvent très-difficile d'en dé-
brouiller les fils.

Pour qui a suivi sans prévention la marche de la peste
dans la petite ville de Bana, depuis le commencement
jusqu'à la fin, il ne peut y avoir le moindre doute sur
son caractère contagieux.

La ville jouissait d'une santé parfaite; aucune maladie de nature suspecte n'était venue augmenter le chiffre de la mortalité, ni répandre l'alarme parmi la population. Un des habitants revient de Sooutch-boulak, tra-
verse le district de Mukry où régnait la peste, contracte
la maladie et vient mourir à deux lieues de distance de
Bana. On transporte le cadavre dans le quartier de Païn
et dans la maison de Résoul Mosgar où se trouvait la
sœur du défunt. A la vue du cadavre de son frère, la
jeune fille se jette sur lui et l'embrasse pour la dernière
fois. Quelques jours après, elle succombe à la peste,
et successivement tous les habitants de la maison, au
nombre de 6, sont attaqués et en meurent.

Il est difficile de trouver un fait plus éloquent pour
prouver une importation plus directe. On invoquerait
vainement une influence épidémique qui se serait exercée
à une distance d'à peu près 150 kilomètres (1) et qui
aurait franchi d'un seul bond cette distance pour venir
s'abattre sur la ville de Bana, juste au moment où le

---

(1) Le village de Boukan était à cette époque la localité pestiférée
la plus rapprochée de Bana.

cadavre d'un pestiféré venait d'y être transporté, sur la même maison où il avait été accueilli et sur la sœur affectueuse, mais imprudente, du défunt. En vérité, il faut avouer qu'un tel nombre de coïncidences serait par trop étrange. Non ; la peste a été évidemment importée à Bana, et c'est bien le garçon Chériff qui la importée.

La maladie une fois entrée dans une maison, attaquait un nombre considérable d'individus, quelques fois la totalité de ses habitants. De la maison de Résoul Mosgar, la peste se propagea de prôche en prôche à toutes les maisons du quartier avec autant plus de rapidité et de violence que les rapports entre les familles étaient plus fréquents et plus suivis. Le 7 juillet, époque où le docteur Vartabet se rendit à Bana, presque tout le quartier était envahi. C'est bien là la marche caractéristique des maladies contagieuses, quel qu'en soit le mode de transmission.

En effet, l'importation d'une maladie si clairement démontrée, la contamination immédiate de toute une famille et la propagation aux maisons voisines, jusqu'à invasion d'un quartier tout entier, sont autant d'arguments qui déposent en faveur de la contagionabilité. C'est le propre des maladies contagieuses de se transmettre d'un individu malade à des individus bien portants qui ont des rapports directs ou indirects entre eux. Que se soit par contact immédiat ou médiat, par les vêtements ou les hardes, ou par des émanations provenant du corps du malade et se transmettant aux individus sains par la voie de l'absorption pulmonaire ou gastrique, toujours est-il qu'une maladie présentant ces caractères doit être considérée comme contagieuse (1).

---

(1) Il y a contagion quand une maladie se transmet, n'importe comment, de malade à sain. *Dictionnaire de Médecine Art: Contagion.*

L'isolement du quartier infecté, qui a limité la maladie dans les maisons primitivement atteintes, est aussi une preuve de sa contagionabilité. Pourrait-on emprissonner de la sorte une maladie déterminée par une contamination de l'atmosphère, ce qui équivaudrait à l'emprisonnement de l'air? La coqueluche, la rougeole, la grippe etc., sont-elles susceptibles d'une semblable limitation?

Maintenant, si nous passons de Bana aux autres pays atteints de la peste, et si nous étudions les faits qui s'y sont passés, nous y trouvons la confirmation de cette vérité, que la peste du Kurdistan a présenté le caractère de la contagionabilité.

Que s'est-il passé dans les villages de Djoumouchan, d'Arbanouz, de Sandjak et de Gultépé, qui ont été les premiers attaqués de la peste? Confinée dans ce groupe de pays pendant tous l'hiver elle n'en sortit qu'au printemps, lorsque les neiges, ayant disparu, ont rendu les communications possibles avec les villages plus éloignés. Cette impossibilité de communications, causée par les neiges de l'hiver, constitua une espèce d'isolement tout naturel et des plus efficaces; ainsi les habitants, empêchés de se soustraire au fléau par la dispersion, ont-ils été tous la proie de la maladie. A Djoumouchan, la peste s'est développée sur un individu revenant de Miandouab, pays qui peut-être recélait déjà les germes spécifiques de la peste. C'est individu portait sous son bras un paquet de coton de provenance inconnue. Attaqué par la peste, il en est mort en deux jours, et c'est là le point de départ d'une épidémie qui, sortie de cette maison, se propage à la maison voisine et de proche en proche à tous le village.

A Arbanouz, village qui n'était éloigné du premier que de 3/4 de lieue et qui avait des communications fréquentes avec Djoumouchan, la peste ne tarda pas à se développer, et bien qu'il nous manque les détails des premiers faits et de leur filiation, on peut supposer que les choses se soient passées là comme dans les autres pays.

Un fait digne de remarque et qui vient à l'appui de la thèse que je soutiens, c'est que partout où l'on a pu étudier la manière d'introduction et la marche de la peste, c'est toujours des individus provenant des contrées contaminées que la maladie s'est d'"abord communiquées à la famille, puis aux habitants des maisons voisines et à la fin à tout un village. C'est ainsi qu'une femme partie de Djoumouchan, portant ses effets avec elle, importe la peste à Utch-tépé ; c'est ainsi que la femme Mélek infecte le village de Kaninias, et ses hardes déposées dans la maison de Seïd Veillet contaminent d'abord la maison, puis tout le village de Karava, et c'est encore ainsi que le cadavre de Chériff porte la peste à Bana.

Un autre fait également digne d'être noté, c'est le rôle que semblent avoir joué les effets appartenant aux pestiférés.

Le coton a été souvent accusé d'être un réceptacle de germes pestilentiels. Dans un grand nombre d'épidémies de peste, ce sont tantôt des ballots de ce végétal qui sont désignés comme le point de son départ, tantôt ce sont des marchandises où le coton était dénoncé comme ayant importé la maladie. Sans aller si loin, c'est encore un paquet de coton qui est en cause aujourd'hui et qui, peut-être, à joué un rôle dans la manifestation de la peste à Djoumouchan.

L'interprétation la plus spontanée qui découle de la manière dont la peste s'est déclarée à Karava, c'est qu'elle y a été importée par les hardes de la femme Mélek. Et qui peut dire si c'est le cadavre de Chériff ou plutôt ses vêtements qui ont empesté la ville de Bana ?

On ne peut pas refuser à ces faits une grande importance, et il ne serait pas sérieux de considérer leur répétition si fréquente comme un jeu du hasard ou comme une simple coïncidence.

Ces faits prouvent, d'après moi, jusqu'à la dernière évidence, que la peste développée spontanément dans quelques-uns des villages du district de Mukry (probablement à Djoumouchan) s'est ensuite propagée par contagion à plusieurs autres localités de ce même district : qu'en dernier lieu, elle a été, évidemment importée dans la ville de Bana et dans les villages de Kaninias et de Karava dans le district de Sakyz, et que là aussi elle s'est montrée douée de propriétés éminemment contagieuses.

Je désire qu'on ne donne pas à mes idées une interpretation plus étendue que je ne veux pas leur donner, et qu'on ne m'attribue pas l'opinion de considérer la peste comme partout et toujours contagieuse. Je ne parle que de la peste du Kurdistan. Il est possible, il est même probable, qu'en d'autres pays et sous l'influence d'autres circonstances, la même maladie se soit montrée à l'état sporadique qu'elle n'ait pas déployé, ou qu'elle ait déployé d'un façon douteuse, le caractère contagieux. Cette question à besoin d'être étudiée et ce serait trop de présomption de ma part que de la trancher d'une manière absolue, n'ayant à ma disposition que des éléments fort incomplets.

Je sais que la fièvre typhoïde n'est pas contagieuse par elle-même ; mais qu'elle peut le devenir sous certaines conditions. On peut en dire autant de la fièvre puerpérale qu'on observe tous les jours à l'état sporadique et sans la moindre tendance à se transmettre ni directement ni indirectement, mais qui cependant déploie de temps à autre des propriétés contagieuses les plus incontestables. Il peut en être de même d'autres maladies, sur la nature contagieuse desquelles il règne encore des dissentiments parmi les savants. Quant à la peste, les connaissances qui nous sont acquises jusqu'aujourd'hui

ne nous autorisent pas à juger cette question d'un manière péremptoire.

Contentons-nous donc d'enregistrer les faits que nous
observons, ne tirons de ces faits que des conclusions légi-
times, et surtout ne nous laissons pas influencer par des
considérations étrangères aux intérêts bien entendus de
l'humanité.

(G) Efficacité de l'isolement et de la dispersion.—De
tout temps et partout on a eu recours à l'isolement pour
circonscrire les maladies contagieuses et en limiter la dif-
fusion. Cette mesure, au sujet de laquelle se sont élevées
des discussions sans fin, soit pour soit contre son applica-
tion en temps d'épidémie, est restée pourtant et restera en_
core longtemps une des plus efficaces. Nous l'avons vue
appliquée avec un plein succès à Bana, et c'est à l'isolement qu'on doit attribuer la limitation de la peste au
seul quartier primitivement envahi. Il est vrai que, dès
le premier cas de peste, quelques individus de la famille
de Moustapha Agha s'étaient rendus dans ce quartier
pour soigner des parents malades et ont contracté la
maladie, mais on a pu immédiatement isoler la maison
nouvellement contaminée, ce qui vu sa position éloignée
d'autres habitations à été facile, et grâce à cette précau-
tion le reste de la ville est démeuré indemne.

Cependant la peste ainsi confinée aurait pu bien finir
par emporter la presque totalité des habitants de ce malheureux quartier, ainsi qu'il est arrivée à Djoumouchan
et à Arbanouz, si une autre mesure non moins efficace
ne fût venue promptement en aide à l'isolement. C'est la
dispersion de tous les habitants de la ville si sagement
adoptée et surveillée par le Gouverneur Abdul-Kérim Khan.
On commença par disperser les familles non-attaquées
de la peste et on mit entre elles et les individus contaminés et également dispersés la distance d'une lieue, afin

d'assurer à cette mesure les plus grandes chanches de réussite.

Les bons effets de ces deux mesures si habilement combinées ne tardèrent pas à se faire sentir. On comptait parmi les pestiférés ainsi dispersés à peu près 60 individus dont 35 sont morts dans les campements qu'on leur avait destinés : *mais après la dispersion on n'a pas eu à déplorer aucun nouveau cas.*

Si la pratique de la dispersion avait besoin d'une preuve nouvelle pour constater son efficacité, celle fournie par la ville de Bana en serait on ne peut plus concluante.

(H) Pronostic de l'épidémie.—Maintenant, que faut-il penser de cette épidémie de peste ? Restera-t-elle confinée dans les pays qu'elle a envahis jusqu'aujourd'hui, ou bien franchissant ces limites relativement restreintes et acquerrant une nouvelle puissance envahissante se répandra-t-elle plus loin dans d'autres contrées ? Question ardue s'il en fût. Les exemples d'épidémies de peste restées renfermées pour un temps plus ou moins long dans les pays qui l'ont vue naître et se répandant plus tard ne sont pas rares. On a vu aussi la peste cesser complètement pendant quelques mois et, prenant ensuite un nouvel essort, envahir des contrées restées jusqu'alors indemnes et y causer des ravages terribles.

Il serait pour le moins imprudent de prédire en ce moment si la peste du Kurdistan va s'éteindre sur place, ou si elle nous prépare de nouvelles calamités. Depuis mon départ du Kurdistan, nous manquons absolument de nouvelles se rapportant à l'épidémie en question. Seulement, d'après un télégramme expédié de Tauris à M. le docteur Tholozan, la peste aurait complètement disparu des endroits où elle avait existé vers la moité du mois de septembre.

Cependant ce télégramme nous laisse dans le doute si une autre enquête sur l'état sanitaire du district de Mukry a été faite par des personnes compétentes. Trop d'intérêts sont en jeu pour qu'il nous soit permis de nous fier aux déclarations émanant de l'administration persane, déclarations si souvent démenties par les faits.

Quoi qu'il en soit, je pense que le commencement de l'hiver, si précoce dans les régions montagneuses du Kurdistan, pourrait bien, ou éteindre tout à fait l'épidémie ou du moins nous accorder un répit jusqu'au printemps prochain.

En attendant, la prudence indique nettement aux puissances limitrophes, si gravement ménacées, la conduite qu'elles doivent tenir jusqu'à une nouvelle vérification.

Conclusions.

I L'épidémie qui a sévi dans le Kurdistan était, à ne pas en douter, une épidémie de peste bien caractérisée.

II La peste s'est développée spontanément dans le district de Mukry et probablement dans le village de Djoumouchan, après la moitié de décembre 1870.

III A l'exception de la sécheresse, d'une épizootie sur les moutons et de l'ergotisme chez les hommes, on ne connaît pas de causes déterminant l'épidémie. Quant aux causes inhérentes à la localité elle-même, on ne trouve que la présence des rizières.

IV L'epidémie a suivi une marche du nord vers le sud. Commencée dans le district de Mukry, elle est arrivée jusqu'à Bana, à 18 heures de Souleïmanié et à 8 heures de Pendjovine, sur la frontière ottomane.

V L'épidémie a présenté le caractère non équivoque de la contagionabilité.

VI Dans la ville de Bana, l'isolement et la dispersion des habitants ont été pratiqués avec un plein succès.

VII L'interruption forcée de l'enquête et la manque d'informations précises, nous mettent dans l'impossibilité d'évaluer exactement la mortalité causée par l'épidémie.

VIII Le manque de précision des renseignements que nous possédons sur l'état sanitaire actuel du Kurdistan, nous impose la plus grande réserve par rapport au pronostic de l'épidémie.

Téhéran, le 8 Octobre 1871.

Dr CASTALDI.